歌集

蓬歳断想録

島田修三

短歌研究社

目次

蓬歳断想録

断想録1　はだか欅　7
断想録2　冬の水　23
断想録3　点鬼簿の人　35
断想録4　ニャンゴマコゲロ村　51
断想録5　月曜の襤褸　61
断想録6　汽車の旅　77
断想録7　ふかき河　83
断想録8　投資信託　103

断想録9　入学式のころ　119
断想録10　フィデル爺さん　125
断想録11　飄然と来て　131
断想録12　入浴料金審議会　146
断想録13　仏説阿弥陀経　155
断想録14　おフランスざんす　171
断想録15　夜の熟柿　187

あとがき　204

装幀　倉本　修

蓬歳断想録

断想録　1

はだか欅

水銀《みづかね》のキャデラック・ドゥビル趨《はし》りぬけ黄昏《くわうこん》ふかし極楽交差点

霜月を三件目なる通夜に来て厠に行けばしんと静かなり

うらわかき喪主のあいさつ聴きながらはらはらと居《を》り人の親俺は

おのづから視線のむかふ膝のあたりいたくせつなく毛糸パンツ見ゆ

噂好きの男といへど口さがなき女に敵せずたちまち滅入りつ

「てっきり秋も深まりました」と起こされて粗忽の書簡に秋さやかなり

「偉《えら》そしん」と俺をからかひし頸ながき大阪少女も寡婦《やもめ》となりぬ

すがれたる欅の細枝《ほそえ》にきぞの夜の風に運ばれ靴下はも垂る

ばちあたりのティベッツもつひに昇天しはだか欅のあさぞらに美《は》し

逐はれたる藤田嗣治をさらに逐ひベン・シャーンなる義のアメリカは

あら兄さんなどといひつつ垂乳根は実芭蕉《バナナ》うまらに咲らひしかなや

兄さんもせがれも識別《わいだめ》なくなりて八十六年を働ける脳髄《なづき》

台湾の高雄《ダガヲ》の家に帰るとぞ歳月を溯《のぼ》り帰れよたらちね

夭折の妻と団栗ひろひし日をあまやかに綴り寺田寅彦

痛ましき生《いき》にも旬はあるものを中村うさぎにやうやう飽きぬ

オマーンより来たる明眸のアラミスに慣れたるころをいたづき終ふる

秘密警察《ゲーペーウー》ニコライ・エジョフ粛清の勢《はづ》みに妻も粛清したりき

吉行《よしゆき》淳之介の娼婦の描写ををののきて読みき栗花《りつくわ》のにほへる季《とき》ぞ

マーラーをかたれば無闇に優越感いだきし季や南無阿弥陀仏

おそろしき観念奔逸の季は過ぎ稿起こさむとして夕べを悶ゆ

アイロンをかくる技術のかく長けてあはれみづから褒めむほかなし

白黴乾酪《ブリドモウ》のかけら醪りつつ酌む宵を前立腺はしづかに太る

口腔をさやかに酸はしみわたり解凍されたる夜《よ》のマンダリン

知命越えよろしとうべなふひとつにて一夜《ひとよ》さに消ゆ心の瑕なぞ

机《き》のすみに両切りピースの缶ならべタリバンならねば撃たれず俺は

「蓬萊屋」の二階座敷も煙草喫めず俺のつけたる焦げ跡も消ゆ

学生を威嚇する癖《へき》の知らぬなきこれの教授にふかし眉間皺

前世といひ守護霊といひて退《ひ》かざるに耳をかたむくゼミ室の冬

興信所の新聞チラシを見てゐしが「闇の仕置き」はあらず業務に

うつしみを髭伸びゆくにある遅速かかる微妙も忘れ過ごしつ

断想録　2

冬の水

たかが豚漢《でぶ》の瘦せゆく始末を書きつらね阿呆といふべし読みたる俺も

東宮家愛子さま作「ぶたちゃん」の淋しげにして可愛ゆき塑像

しなやかに尾を立て歩み来しものは猛獣ならねば横つ飛びに消ゆ

退職金を手にするまでの起伏おもふ斉藤斎藤しばし夢みよ

みすぼらしき二席連結の木づくえに昭和の学童矮《ち》さきは座りき

三頭の虎を高らかに連呼せし民族の冬も忘れられむとす

海老名家の妙に嘘くさき母と娘《こ》のテレビに映りなまぬるき午後

茫漠たる水たまり見え青にごる遠州灘かも車窓にとぎれず

子はふたり残りしものを何をさは嘆くと鈴香の綴りしと伝ふ

宿縁のなければ殺さず在り経《ふ》るに過ぎぬとおもふ夕刊読みつつ

枠組の矮さきにつくろふ安定を「哀れなる愚者《アルメールトール》」なれば虞るる

浮気なる鰻と書きしは誰だつたか信号待つ間をそぞろに自問す

もろ手もてつつめば頭蓋こころもち萎縮してをり哀しくもあるか

日本橋三丁目丸屋善七の版なる襤褸《らんる》を買はむかためらふ
はんなりとしてぼんじやりとしたるとや京都の模糊にいらだつ俺は

眉唾も八句溯《のぼ》ればたのしけれ「一生戀仲の變はらざる法」

俺の意図をあらかた誤解し臆すなき義の青年に励まされたる

ゆふぐれを煙草くゆらせ放心にただよふ誰も来るなよ祟《たた》るぞ

父だつたら耐へられないと書かれあり「授業アンケート」にひとり笑ふも

院生のウクライナより来たりしが会釈し書庫の静かなる宵

あたらしき連れあひに媚ぶるマレー熊の映像見てをり愉快にとほく

豊年の満作の乳房おもひゑがき寝ねぎはまばらに官能そよぐ

夜のほどろ俺はめざめて冬の水の濛《くら》きにのみどを潤すかなや

断想録　3

点鬼簿の人

ブル・テリアの不細工なるにかがみ寄り頭《づ》を撫でやれば静かに歓ぶ

喧嘩売らむほどに近くをかすめ飛び嘴太《はしぶと》鴉あそぶ飛ばざる俺と

重たげなる身を路上より飄然と飛び立たせたり鴉の膂力は

首かしげおのれついばむ嘴太鴉のひとこゑ嗚呼と嘯きしまで

みなぎらふひかりの天に鴉らの游ぶ春べとなりにけるかも

なりたきはヨモギといらへてちちのみに張り飛ばされし少年よろしも

はんぺんの柔きはだへに歯をあててやや淫靡なる感触たのしむ

文楽の「富久」聴きつつ遊ぶ夜のあはれしみじみと須臾の間に闌く

花粉症男とつひになり果てて壇上に涕く答辞を聴きつつ

右鼻孔深きあたりの粘膜の感じやすくなり少女のごとし

駄菓子屋の試験管ジュース吸ひゐたる頃や疫痢の恐ろしかりき

ヤマギシ会実顕地コミュンに果てしとぞこころ優しき同僚なりしが

木村屋のケシ粒あんぱん啖らひつつ中年末期の愁ひにおぼる

初めての還暦なればなどと言ひし長嶋茂雄いとほしきかな

甘やかに薫るピースの両切りを夕べ喫むなり　ああ生きてゐる

キャンパスの全禁煙など説くありて正しきことはただにぞ寒き

「すまじきは宮仕え」とのみ記されて石原吉郎の年賀状あはれ

近勝《ちかまさ》りする奇特なる青年とおもひ居《を》りしが偏食すごき

帆のごとく夕陽をはらむビル仰ぎ地上に出づれば風に殴らる

事故死とも自死ともわかぬ学生の遺影にむかふ洟垂れながら

散りのこる連翹の花のからびしが通夜斎場の裏庭に見ゆ

美しき惑ひの年などなかりしを無闇に生きのび伜の子を抱く

猿よりも猿のやうなれば哀しかりきマルセ太郎も点鬼簿の人

ユトリロの善からぬ母にて佳き画家のシュザンヌ描きしユトリロ童子

とめどなく苺つぶしてゐる夜半の鬱のこころや苺にくにくし

夕べより組織となりゆく忿りにてみづから怖けれデパス噛む夜の

低く重く耳鳴りやまぬ寝ねぎはを耳殻の深きに欅そよぐも

夜の空の高きに浮かぶ旗雲をぐらむとして春の月しろ

読まむとし積みたる本のいただきに埃かづきて『荒地の恋』あり

芽吹きゆく彼岸桜のわかき樹にひかり集まるごとき朝なり

断想録　4

ニャンゴマコゲロ村

ケニアなる僻郷ニャンゴマコゲロにオバマの祖母《おほはは》棲むとこそ聞け

にれかめばニャンゴマコゲロ嬉しかり口ずさみつつ縄暖簾くぐる

いつ見せむ乎また見えむ乎と悸《おそ》れつつ期してをりしが見せずきヒラリー

あはれつひに脚見せずまま敗れたる力婦《りよくふ》ヒラリー可憐なるかな

凜としてバラク・フセイン・オバマなる氏名《うぢな》よろしもフセインはことに

ちちのみの名を空母《キャリアー》に冠したる大統領《ブッシュ》のこころも孝とや謂はむ

合衆国に民主主義あるや知らず朝空にひびき廃品回収のこゑ

葉桜の隧道となれるひとところ今朝あふぎつつ惜しみつつ過ぐ

おいそこの学部長、寝てんぢやねえよとわが言はざれば静かなり会議

ツアー組み「船場吉兆」に行きしとふ詮なき春の葉書も失せぬ

吊り革に肥満のみぎ腕ぶらさがりひだりは顱頂の汗ぬぐふかも

この顔で、といふ哀しみ例ふれば内藤ルネをおもふ午後なり

珈琲のいたく玄《くろ》きをなめながら驟雨の茶房に『葉隠』読みつぐ

「さびしいと　いま　いったろう」強制収容所《ラーゲリ》にあらざる夜の地下街ふかく

月光がたなごころより溢るとぞ酔ひて貧しく抒情するらし

夜もすがら降りたる雨のやまむとし明るき鋪道や小雀遊ばせ

きれぎれに雲ながれゆく朝空の下をさびしも屋根ある生活《たつき》は

プリンセス・ハラスメントの湿れるを読みつつ俺はまどろむしばし

断想録　5

月曜の襤褸

ビル・ゲイツほど金あらばなど想ひ赤貧をおもひこころは遊ぶ

をさな子を肩にとまらせネグロイドの鋼の父ぞ雷門くぐる

たそがれの国際通りの仏具舗にすててこ干され風になびく見ゆ

鉄板よりラードのけぶりは立ちのぼりニッポンを憂ふ「染太郎」座敷に

みのもんたに似てゐるといふ女ごゑ隣席《となり》にはづみ宵の「神谷バー」

相席の爺さん三人《みたり》と口きかず電気ブランを独りなめつつ

殺す者と殺さるる者の縁あはく風ほほを撫で八重洲北口

湯をさしてカップヌードルの煮えむ待つ此のつかの間に七人殺しき

わたつみを航く抹香鯨《まつかう》を表象にゐがきて俺はゆまり放つも

窓のなき厠に慣れて在り経れば恋ひしきものをヤツデ濃みどり

「偉大なる暗闇」まぶしく先生はゼミ終へ「緑のたぬき」すするも

人のためになる老耄があぶなしと『葉隠』にあれば傍線ひきたる

死後もなほ子に恕されず『死の棘』の作家の妻の執愛あはれ

せくぐまり寝ねむとする癖《へき》あらたまり寝棺の姿勢に熟睡《うまい》をぞせし

旺然とひかりあふるる夢見より醒めてあかつきの蒼いぶかしき

はらわたのごとくぬくとく濡れてゐる雑巾踏みぬ未明の厨に

休日のなき七曜も過ぎにつつ燦として俺は月曜の襤褸

葉桜の葉むらの薄きひとところ朝かげは洩れ蠢く塊《くわい》あり

渋滞をまたぐあしたの陸橋にのぼれば初夏の陽ぞさんざめく

六月の濃き陽だまりに繋がれて柴犬まどろむ汗垂りもせず

梅雨晴れの土木事務所の塀越しにグラブをたたき速球響かふ

走りさる風に刷かれてへこみゆく初夏の水見え暮るる納屋橋

豆腐売りを鍋もて追ひし日の暮れも遠くいづくか下駄の音聞こゆ

ひとり来て観音裏の露地町の「割烹ちぐさ」に酌まむと歩む

細き露地をななめ左に折れたれば魚《いを》焼くけぶりはいざなふ俺を

煙草のべつ喫むは善からず伜の子のまんまる童子を抱《いだ》かむとして

善悪の此岸を越えて甘やかにピースは薫りのべつ喫むなり

天心にかかる月しろ軽やかにピースのけぶり吐くひと俺は

まなうらに変若《を》ちかへりつつ顚《た》つものを三谷邦明も川平ひとしも

ラドー社製ゴールデンホースを耳朶にあて掌《て》にのせ思春小僧のごとし

断想録　6

汽車の旅

降りそむる雨に打たれて瓦屋根つややかなるが過ぎゆく車窓を

はすかひの肥満少女を見るとなく見れば可憐に視線をぞ伏す

横浜駅ゆふべのホームに吼えながら身を茹でながら駆け来し汽車はも

固き椅子にひしめき父母と三人子《みたりご》と汽車の旅せし長きながき旅

くたぶるる人は草にぞたふれ臥し俺はも萎えて机《き》に臥す午後を

零すだらうきつと零すと懼《おそ》れつつ嗚呼こぼしたり机上の珈琲

シチリアの珈琲挽きもて豆を挽き珈琲淹れたる意気も遥けし

縁側に頸おさへられ叱らるる嫩き猫見え五丁目暮色

籤運といふものあれば籤を売る窓口を過ぎてかへりみはせず

骨のごときもの踏みくだき帰り来し夜の靴底を見ざるまま過ぐ

断想録　7

ふかき河

平成二十年八月六日午後十二時十四分母命終、享年八十七

熊蟬のこゑしきりなるまひるまを臨終《いまは》に遅れしきりなり汗

病棟の影こき夏のまひるまを車より出ではげしく渇く

寂《しづ》かなる臨終《いまは》といはむまどろみより醒めざるままに逝きたるらしも

まどろみのままに果てたる垂乳根のあどけなき貌や茫と見てゐつ

ふかき河を渡りゆきたるつかのまのまどろみあはれ水藻か匂ふ

「廃用症候群」とぞ書かれある紙に小蝿のとまるしばらく

心《しん》も肺もかぎりの機能を終へたればまどろむ人はふたたび醒めず

痩せ痩せてかんばせ皓きなきがらを妻《さい》と見てゐつさらばたらちね

死に顔は化粧《けはひ》に乾きくちびるのそこのみ濡れてふと生々し

この貌に背を向けきたる歳月を俺はうべなひ白布《はくふ》におほふ

放恣なる性《さが》にありしが老い痴れて日暮れの石の寥《しづ》けさに在りき

母親の恩愛といふしがらみのうしろ手に閉ぢ霊安室扉

昇降機にふたつあるドアの裏側のドアより出だされ屍《かばね》の母は

「死にたまふ母」も青年の感傷《センチ》にてATMへとただに急げる

会員にあらねど特価に奉仕せむと葬儀社営業の端正なるが告ぐ

とむらひの価格ランクのカタログを手にとり俺は算段する人

原色の花まみれなる祭壇の老いて死ぬるはシネマのごとし

死を糧に市場原理を生きぬかむとかく華やげる演出するかな

斎場を煙草喫まむと出でたれば音なく夜空を裂きて稲妻

悲哀とはいへず安堵もややちがふ涙の数刻いぶかしきかも

富む家の娘に生きたる放埒を老いてなほ見せ惚けてゆきぬ

令嬢と呼ばれし往時のままに老いたかが一億円《いちおく》といひにけらずや

業《ごふ》のごとく勝手気ままを生くる身を憐れみ憎みき子なれば俺は

たらちねの執愛おもたき歳月をにれかみにがくピースくゆらす

佐野洋子の島尾伸三の憎しみをにれかみながら数刻を堪ふ

あはれこの女に惚れしちちのみの料簡知れず女男《めを》のことは風

しかばねの母にまぢかくひと夜さを越ゆればひもじ胃の腑はことに

駐車場に巨きなる猫のしんとして毛づくろふ見ゆ秋立つあした

静かなる猫のむかうを喪服群の過ぐれば親し毛ものの無言《しじま》は

積雲のかなたに羊雲《やううん》あはくあはく刷きて秋立つ天あふぐかな

気まぐれの驟雨の夏や肩濡らし母を焼かむと出で立つ俺は

箸をもてつまめばたやすく崩《く》えてゆく垂乳根ひろふ息つめながら

「千の風」に乗るとふ甘きたはごとの死者はその死を全《また》く遂ぐべし

「K」の墓を「先生」の建てしが漱石の思ひほとほと俺はわからず

八月をソルジェニツィン逝き母が逝き有名無名に死はゆるぎなし

さういへば赤塚不二夫も死にしかな露草咲きそむ夕べの路傍に

社会保険事務所に待つ間を哀《あい》ふかき女ごゑ聞こえ洟かむが聞こゆ

窓口に五たびを並び民の死は官の流儀に遂げられたりき

断想録 8

投資信託

塩辛を添へて湯気たつしらいひを箸にすくへば屈託ふかけれ

秋のあしたオルメテック嚥み拡げたる血の管めぐらせうつしみ俺は

仏壇にかをる五つの水仙はダフォディルならねば花のつつまし

おとがひを右掌《みぎて》に載せて考ふる須臾をピースは燃え尽きむとす

在りと思ひしばらく無かりし墓原はビルの間《ま》に在りまさやかに在り

官に出だす報告書の量《かさ》おもひしがあはれ湯湯婆《ゆたんぽ》の写象去らざる

大学院生《グラデュエイト》を産めよ殖やせよ　いつの秋の時雨なりしかたちまち過ぎぬ

薄俸のゆゑに威張るとふ巷説も古りて時雨れて虎ノ門上空

厨房に哲学してゐる風貌《かほ》は見え泥濘のごとき支那蕎麦《ラーメン》喰はさる

老いの恋わすれむとせし与謝蕪村を搏つたる時雨の降る大手町

洟かめばかすかに混じる血の糸をいとほしむごと指もて触るる

改札のほとりに抱きあふ嫩き雌雄《めを》ドーパミンこそ哀しきものを

せつなかりし「黒い御飯」の赤貧も永井龍男も過ぎて渺たり

遺影あふぎ誄《るい》を読みゆく白髯《はくぜん》の凛として老ゆ山本義隆

鉄幹といふにはかなき老梅の瘤にぬくとし午後の冬日は

それとなく打てば無闇に響きたる学生は帰りまぶたの重し

稚《をさな》さの刃物のごとく尖りたる青年とならびゆまりするなり

六割まで下がりし投資信託を嘆かひながら游ばすかなや

「岐阜へ来て棲むからだ」なる捨て鉢に官能したたり凜《さむ》し此れの句

葱さげて子を連れあゆみし含羞もふいになつかし齢《とし》ふかみかも

春さらば菜の花おくらむと書かれある葉書は置かれ『広辞苑』五版

端的に金銭《かね》ほしければ端的に偸《ぬす》みたるとぞくもりなし慾に

チンク油のはつかににほふ露地を照り遊郭跡の冬の月しろ

昆布《こぶ》を敷き土鍋に豆腐の煮立つまで内省めぐらせ待つひと俺は

天城より来し山葵漬啖らふ夜のドル墜ちてゆく悲鳴聴きつつ

美味しきも不味きも語彙になしといふチバヤ族なる簡素に涕かゆ

僧の敲く月下の門の然《さ》りながら「を」「に」の加減に夕べ滅入りつ

湯の底に二本ころがる毛臑見え見たくもなきもの持たさる男は

ひとり醒め指折りかぞふる下ぶくれ眠れぬらしも『病草紙』に

側臥して寝ねむとすれば畳見えささくれ立てば疼きのごとし

断想録 9

入学式のころ

大鴉のあとを小さき三羽ほど陸橋くぐり翔りゆく見ゆ

風呂敷を解けばぬくとく土は薫り竹の子ごろりと出で来たるかな

修士論文《しうろん》の季節に決まつてこころ病む「困った学生」も除籍となりぬ

春あさき長良《ながら》川の汽水に眠りをりし蜆を煮立て華やぐしばし

石畳のあはひに芽吹くあらくさの朝光《あさかげ》に濡れ猛々しかる

学生らみな変若《を》ちかへり壇上の禿げや白髪を仰げりあはれ

黒がゐて金ゐて茶ゐて鬱蒼と二千の嫩きつぶりは繁る

新入生《フレッシュマン》たりしむかしの茫々と蓬あたまを吹き過ぐる風

本卦還りまぢかき髪の風にそよぎ思へば俺はまたき孤子なり

さみどりに縁の濡れゐる妖艶のつくよみ浮かべ夜空ぞわかき

断想録　10

フィデル爺さん

午後の陽にほどけるごとく黒猫の臥してをりしがしみじみ欠伸す

大学はなにしてゐるとふ鋭《と》きこゑも花粉も黄砂も天降《あも》りやまざり

母死なせ悲しむともせぬうつし身の痩せて太りて春たけむとす

頭角をづかくと訓みゐし濛々の記憶よみがへり頭《かうべ》ぞ垂るる

へべれけのままのぞみたる会見の自堕落の図のいたく親しも

議事堂の庭にゆばりを放ちゐる姿撮られて唖然たりし人

マッチすり煙草ともせば鼻孔ふかくにほふ硫黄《ゆわう》や戦場のごとし

春雨に身を濡らしつつ七〇〇系のぞみすべり来水蛇《すいじゃ》の感じに

ししおきの豊かなりとも贅肉の畳《たた》なはるともいはばいふべし

玖馬《キューバ》軍の敗れしあはれにいきどほりフィデル爺さん咆哮するとぞ

断想録　11

飄然と来て

起きぬけをあはれとめどなき苦沙弥出で洟水は垂れ瀕死といはむ

蕩尽にもはら縁なくこの冬も竟《を》《は》んぬ茜のクアトロポルテ欲し

往還にただ忙《せ》《は》しかりし週余経て今朝見上ぐれば花消ゆ桜樹《あうじゆ》に

駅前の電線にならび嘴太鴉《はしぶと》のおつとりとして五、六羽の憩ふ

鍵束を右のポケットに鳴らしつつ重篤鬱病者《メランコリック》の無言と対す

深々と辞儀するときを腕《かひな》垂れ垂れたる腕のうちつけに重し

田にそよぐ青艸《せいさう》すなはち稲なるを知らざりきとぞ遥かなる漱石

貞婦二夫にまみえずといふ理不尽も滅びなにやらゆかし独り身

フェアリィを肥満壮婦にはぐくみて風の春秋饒《ゆた》かに過ぎぬ

これの世に飄然と来て去りゆきしナンシー関の野性電髪《ソバージュ》おもほゆ

瀧ならぬ布引けいの三つ編みの脳内映像《イメージ》に躍り落ちこみやまず

春かげは花海棠のうつしみをくまなく濡らし匂ふくれなゐ

焼き芋を喰ひて屁をひる連想のたちまち働き戦後育ちは

女にて生《あ》れぱと想ひ思春期のひととき俺のこころさやぎぬ

上根岸八十二番地ここに和歌捩ぢふせむとし生きたる九年

相応に歳をとれざるけだるさの午後を喰らへば苺ぞ酸つぱき

愚直なりし広能正三の安芸訛り地下階降りつつ俺はにれかむ

『青年の環』褪せたるを縁台にさらし古書肆も静かに暮るる

いくたびか閉店セールをしてゐしが月かげあまねし「不思議堂」跡

おつ母さんなどとつぶやき仏壇に向かへば階下ゆ揚げ物にほふ

里芋の風邪ひきたるを茹でむとし春の厨に独りいそしむ

どよめきのなかなる巨人の電撃を濁机のすみよりラヂオは伝ふ

タングステン切れむたまゆら電球の明るむあはれも茫々と過去

卓袱台に頬づゑつきつつ解きたりし算数ドリルや月おぼろなる

内田百鬼園『俳諧随筆』

昭和二年夏の大暑に腹を立て芥川《あくたがは》龍之介死すと考ふる是《よ》し

古今亭志ん生「鮑のし」

真つ直《つ》ぐではなき言葉なる「承りますれば」言へぬ頓痴気も是し

憔悴の俺にすげなき同僚も是きかな湯船に身を煮立てつつ

ねつとりと潮《うしほ》のにほふ大栄螺のはらわた啖らひ唇《くち》汚すなり

ひとときを駄菓子のやうなる芸に笑ひテレビ哀しも夜更けはことに

断想録　12

入浴料金審議会

銭湯の入浴料金審議会といふものありて縹渺たり世は

矜羯羅《こんがら》と制吒迦《せいたか》はべらせ立つ者のかひなの煇を蟻出で入りす

強制的兵役ならぬ応召の実情知らざるままにぞ過ぐる

アルジェなる売春宿《ポワチ》に俺を潜ませて妄想あはれ地下ふかき書庫

下したる判断の是非の昏々と稲庭うどんをすする暗がり

みづみづしき新芽の勢《きほ》ひ過ぎぬれば老愁をまとひ欅のしげる

梅雨の間を北よりせはしく立つ風に欅の葉叢さやぐ重たく

金さんが国家をせがれに譲るとふ記事読みながらかゆし丹田

欠くるなき悪党面をおもひしがリノ・バンチュラに至りて飽きぬ

心理学に甲斐あるごとき歳月も越えにき午後をみづからに倦む

三筋町界隈あゆみし頬あかきみちのく小僧の孤独ぞ愛《は》しき

本所区に牛乳《ちち》を搾りし頓狂の人の歌なり味はひ深けれ

運転手の道知らざれば酔ふ人はまた過ぎちやつたと嘆きけるかも

破産より達観にいたる三年を運転手は聴かせ滅入らす俺を

生卵呑みて精気をやしなひし昭和をとこや月かげ濡れつつ

畳なはる腰より臀部の歳月の湯上がりにしてあからさまに見ゆ

菫ほどなちひさき人やら化石やら漱石の希ふ転生譚くらし

断想録　13

仏説阿弥陀経

どんぶりに余る野菜を朝《あさ》な朝《さ》な噛んでは嚥みてつつがなしとす

ひよろひよろとなりたる髪に喝入れむと揉みて叩きて容赦せざるも

年代の入りたる髪をおゆびもてつまめば髪は嫋々と随ふ

交合を為しうるかぎりは為すべしとあはれ端的に茂吉書簡や

煮つけたる鰈を箸もてほぐしつつ眞木準の訃のやうやく哀し

悔やみ状を投函せむと陽に濡るる南京櫨のほとりに来たり

「仏説阿弥陀経」聴き入るわが隣り婆さんふたり喋れば威嚇す

阿弥陀経の合誦ひびかふ荘厳《しやうごん》に俺は須臾の間ありがたがる人

平林たい子と林芙美子評さば芙美子よろし女《め》たい子ゐぐし女《め》

漱石の碧き瞳に魅せられて鏡子の見合は過ぎにきと聞く

不穏なる空合をうごめく雲をあふぎ俺は点火すピースの端《はな》に

健やかなるナチス独逸に厭はえし烟艸《えんさう》くはへ頽廃の身は

図書館の厠にこもり出でずとぞ何をなすやとさぐれば昼餐

老獪は煽り未熟は煽らるる世のならひといへ汗垂りやまず

志操などと書き凜乎とも書きたるが年金に及び萎ゆるものあり

嗚呼これが麦秋なりとこころ躍り空腹きざせばしらじらと倦む

うなだれておかめ饂飩をすすりゐる還暦ちかき俺と知らゆな

桐火桶いたく朽ちたるに猫が眠り八角時計とまり骨董舗《こっとうほ》は午後
のどぼとけ突起せざればアルト絞りテメへはウザイと凄みゐるかな

天白《てんぱく》川の日暮れを五位鷺舞ひ降りて流れにぞ戳《さ》す骨のごとき脛

颪は立ちいづへにか止む自然《じねん》おもひ河川公園に石を蹴るなり

案の定「たそがれ助兵衛」なるＡＶありと妻《さい》より報告を受く

姜さんの脱力のこゑあなどれず書架より消えて『飢餓海峡』初版

洒脱なる大猩々のたたずまひしろがねの背の兜太を見てをり

赤城加賀蒼龍飛龍なほ水漬く海域《うみ》見えたちまち騒然とＣＦ

俗情は風雅とただよひ蕉門の危ふきつけあひ娯しむ旗日を

まんまろく音聞山《おとききやま》に浮く月のひかりをぞ浴び牛喰ひにゆく

おそろしく矮さき甚平着せられてくりくり童子も肩に乗りて来つ

九重のさきゆき霞み濛々と俺は遥かなる御製歌《おほみうた》たどる

冷や奴に茗荷とわけぎ戴かせ山葵添へたれば今日をし足らふ

断想録 14

おフランスざんす

希望といふわくわくするものなき胸に煙草けぶらせものをこそ思へ

秋風に蓬髪なぶられ鶴舞駅ガード下なる茶房にもぐる

若くしてすでに老獪老いそめて俺はも不機嫌いづれかまさる

島田さんの懦《よわ》いところはと言ひさして朗らかである　やるね、こいつは

赤茄子《トマト》サンド咬らふ茶房の砂糖壺に憩ひて蝿の浄げなる見ゆ

うまく行かば数億円《すうおく》とならむ投資《ファンド》とぞ膝抱き俺はすねたき気分

午後の陽に俺のまどろむつかの間をあはれ数億円《すうおく》かせぐといふか

父親とその複写人体《レプリカ》の童女ならび卓のむかうに大き耳朶四つ

水のなき溝より襤褸《らんる》はうちつけに現れ猫の尾を立つるなり

あはれわが三界唯識にあざらけく海棠花《かいだうくわ》在りしが秋なれば無し

熟したる銀杏しるく露地ににほひ俺にもありき矢鱈の思春期

淑景舎《しげいしゃ》に蓄へられたるをんならの吐息さざめく物語《はなし》にも飽く

脈絡なき午後のおもひに出で来たる嵯峨善兵や執念く去らざる

銀行が名を変ふるごと名も貌も変へて逃げむとしたりき青年

濃く淡くこころごころに闇を抱《いだ》く学生百の名を呼ぶかなや

プロなれば許されし乎と学生に問はる立松和平を山崎豊子を

剃刀と鶏頭をうたひ競りあひし春こそ嘉けれ秋老《た》けてゆく

死ぬ際まで飲みつづけしとふ牛乳の力かなしも子規の牛乳

おフランスざんすと渠《かれ》が言ひしより色褪せたらずや銀の異邦は

ゲイバーのママを演じて妖しかりし渥美清も非常になつかし

読まぬまま在るばかりなる本をながめしばし甘美の絶望に在り

風々院なにがし居士に鎮もれば妖しき噺《はなし》をふたたび書かず

どないせい言ふねんとなじる低きこゑ受話器にくぐもり　どうにもならん

だけど俺は、などとつぶやき鉛筆を削りてゐたり削つてゐたやうだ

秋の魚《いを》あぶら騒立ち焼けたるを腹より喰らふひもじき舌は

この湯船に惚けて脱糞してゐたりし妣《はは》のおもほゆほのぼのとして

排泄のしまり壊れてゆく始終たらちねは見せ俺はも老いそむ

松花堂弁当ひたすら喰ふばかりうつつのごとし夢の風の夜

持ち古るし漆剝げたる箸をもてかがよふ新米食うぶる朝《あした》

過ぎし日のタイピストなるなりはひの燦然として朝の鱗雲

断想録　15

夜の熟柿

事情《わけ》あつて天麩羅喰はず在り経れば世捨てのこころに水呑むかなや

白粥の口灼くぬかるみすすりつつ身の幸不幸にれかみゐたる

底冷ゆる厨戸棚にマッチあれば少女のごとく灯す掌《て》のなか

水仙の枯れて崩《く》ゆるを仏壇より下ろさむとして躊躇すなにゆゑ

朝《あした》より天《そら》もまぶたも鬱陶しピースけぶらせあぎとふ俺は

面談を終へて諸手をつきながら気合いれながら立ち上がらむとす

マタイ伝五章のくだりひらめきぬ誤解の対話の沼より上がれば

この露西亜の大地に接吻せよといふセンスわからぬままに沸きたり

重たければ突つ伏す机上に冬の陽《ひ》のあまねくこぼれ人生の午後

あはれ然《さ》うか死ぬ気満々か佐野洋子の記事読みさしてしんと思ほゆ

何かかう悄然となる襤褸店《ぼろだな》にラーメンすすり悄然と出づる

低気圧にやうやう頭わろくなり降り出づるころ厭世のふかし

黒板の教室より消えしはいつの日か覚えず俺は俺の字に飽きぬ

鬱蒼と困窮非常民《プロレタリアート》は在るものを頸より冷えて書庫出でむとす

伊藤野枝の子なる婦人の明眸のなつかし感傷《センチ》に濡るる日の暮れ

たそがれを見返り坂のはたて見え追はるるごとし鴉群《あぐん》帰りゆく

寒き日もとつぷりと暮れ堀留の二丁目角をおでんは煮ゆる

健脚の西行をおもひ消渇《せうかち》の定家をおもひ納屋橋わたるも

納屋橋のまたぐゆふべの水の面《も》を一閃したりて去りゆきしもの

人体の内外《うちと》に弁やいくつある嗚呼べら坊めゆまりとどまらず

詩に痩するといふこともなき歳晩の今宵を煮えて濃きブリ大根

日々を揺れ男《を》どき女《め》どきのさざ波もどうでもいいや燗酒うまし

果肉ゆるく蕩《とろ》けむとする夜《よ》の熟柿《じゅくし》いたぶるごとく俺は吸ふなり

寒雀《かんすずめ》のさへづるこゑに独りごち童子ぞもぐる卓下のくらがり

祖父《ぢぢ》といふ怪しきものに俺はなり仔犬のごときを懐《くわい》ふかく抱く

せがれの子の三尺童子を寝かせつつ妻《さい》の時間も長けむとすらし

虎と獅子のいづれか強きわくわくと柏鵬時代の児童はおもひき

あつけらかんと虎が乳酪《バター》に化す譚《はなし》敗れし国の童《こ》にまぶしかりき

なめくぢに塩ふりかくる遊びはや茫々として霧の児童期

砂利道に焚火燃えてゐし池上の師走ゆふまぐれ還らず時間《とき》は

九七《きうなな》式艦攻一機を手にとりて俺はも遊びひたきは鳴くかな

飯粒の輪郭しるき新米を食うぶる朝ぞさきはひのごとし

潑剌と葉はそりかへり泥まみれの白菜は買はる俺の小銭に

あとがき

私の第六歌集である。収録歌三百六十首のほとんどは、せわしなく茫々と過ぎさっていく日々の、きれぎれの想いを記しとどめた「断想録」というのがふさわしく、それらをまとめて一巻とした。十五篇の「断想録」によって構成したが、その柱となる八篇は『短歌研究』平成二十年一月号から二年間にわたって三カ月置きに連載した「蓬歳断想録」である。あとの七篇は連載とほぼ同時期に『短歌』『歌壇』『短歌現代』『短歌往来』などの総合誌に掲載した作品だが、これらも作歌事情は変わらないから「断想録」の一連として制作時期の順にならべた。十五篇の「断想録」は原作のままというわけではなく、歌集編纂にあたって推敲・改稿をくわえた。

私の和歌研究と作歌の師窪田章一郎の歌に「還暦のわれと告ぐべき親あ

らずとみにさびしくひろき人の世」（『硝子戸の外』）という一首があって、折りに触れて思いだす。私も今年で還暦になるが、年齢を重ねれば、悠揚迫らざる心持ちで人の世も生きられるか、などと昔は考えていたけれど、さにあらず。年々歳々、「さびしくひろき人の世」が実感されてならない。本集収録歌をふくむ五十代後半の歌を読みかえしてみると、「さびしくひろき人の世」の日々をおぼつかなく生きる自身の姿がまぎれもない。題材的には虚実を織りまぜた作品が多いはずなのだが、一首一首を流れる心情は作者にとって妙になまなましいものがある。そういう意味では、歌で嘘をつきとおすのは難しい。

連載の機会を与えていただき、今また歌集出版の労を担っていただく『短歌研究』編集長の堀山和子氏に深く感謝申しあげる。

平成二十二年三月七日

島田修三

検印省略

まひる野叢書第二七五篇

平成二十二年七月三十日 第一刷印刷発行
平成二十三年四月 一 日 第二刷印刷発行

歌集 蓬《ほう》歳《さい》断《だん》想《さう》録《ろく》

定価 本体 三〇〇〇円（税別）

著　者 島《しま》田《だ》修《しう》三《ざう》

発行者 堀山和子

発行所 短歌研究社

郵便番号一一二―〇〇一三
東京都文京区音羽一―一七―一四 音羽ＹＫビル
電話〇三(三九四四)四八二二・四八三三
振替〇〇一九〇―九―二四三七五番

印刷者 豊国印刷
製本者 牧 製 本

ISBN 978-4-86272-202-7 C0092 ¥3000E